胡童鞋成长小说系列

# 会走路的"咸鱼"

[马来西亚]李慧星 著
骑士喵工作室 绘

海峡出版发行集团 | 海峡文艺出版社

# 校园大人物登场喽！

### 胡童鞋

- 原名叫"胡童缬（xié）"，但常常被叫错字，因此而改名。
- 性格：调皮、大胆、好玩、古灵精怪
- 优点：有正义感、重友情、想象力丰富
- 缺点：喜欢赖床，偶尔懒散
- 爱好：看漫画、看电视、玩
- 职务：巡察员
- 最喜欢的人：妈妈

### 刘奕雅

- 胡童鞋的闺蜜
- 性格：胆小、爱哭
- 爱好：吃
- 职务：小组长、图书管理员

### 妈妈

- 在出版社工作的作家
- 性格：外表优雅从容，内心汹涌澎湃

### 周子温

- 胡童鞋的同班同学
- 性格：活泼、直率
- 职务：巡察员

**王天翔**
- 胡童鞋的同班同学
- 性格：强悍、爱面子、好胜
- 特点：最讨厌人家碰他的头发
- 职务：班长

**张小棣**
- 胡童鞋的同班同学
- 性格：畏畏缩缩，爱自作聪明

**陆立昂**
- 胡童鞋的同班同学
- 性格：聪明、机灵

**邓鼎**
- 胡童鞋的同班同学
- 性格：单纯、迷糊、爱吃、"妈宝"

**蔡文婕**
- 胡童鞋的同班同学
- 性格：乖巧

白雪儿　　纪老师　　杨阳

# 会走路的"咸鱼"

故事1：会走路的"咸鱼" …… 1
童言童语：咸鱼味 …… 29

故事2：紧张大师 …… 31
童言童语：完蛋了 …… 57

故事3：走路不看路 …… 59
童言童语：红人 …… 87

故事4：快来喝水 ········· 89

童言童语：过关 ········· 111

故事5：巷子里的凶奶奶 ········· 113

童言童语：别烦奶奶 ········· 141

我们要时时刻刻保持双脚的卫生,不让细菌滋长,以免双脚发出难闻的气味。

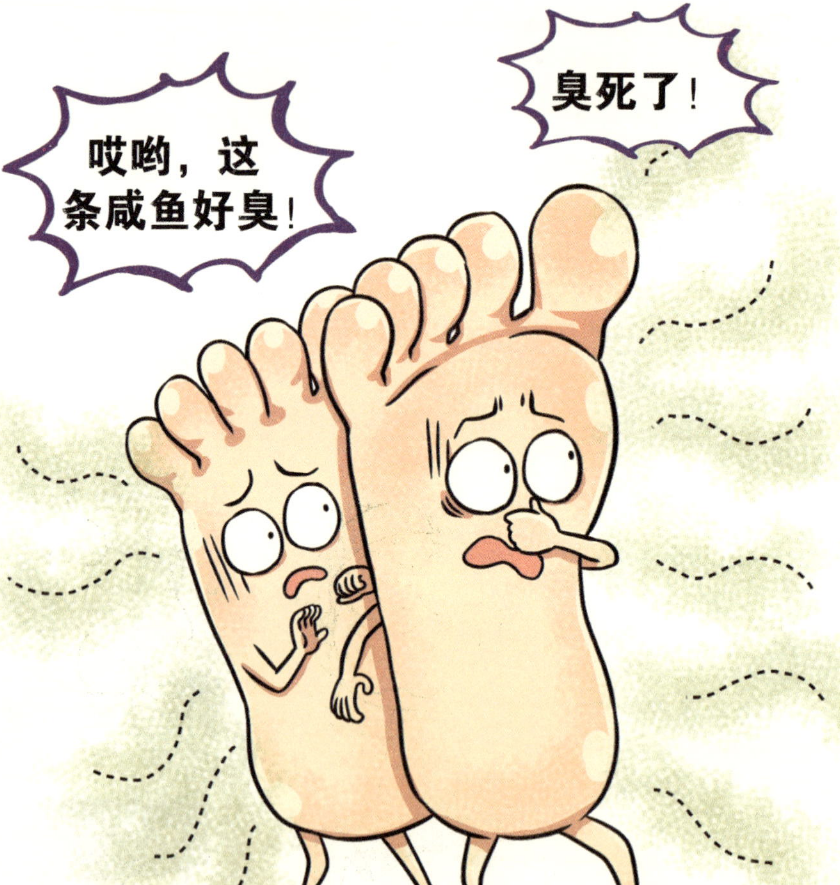

哎哟,这条咸鱼好臭!

臭死了!

# 会走路的“咸鱼”

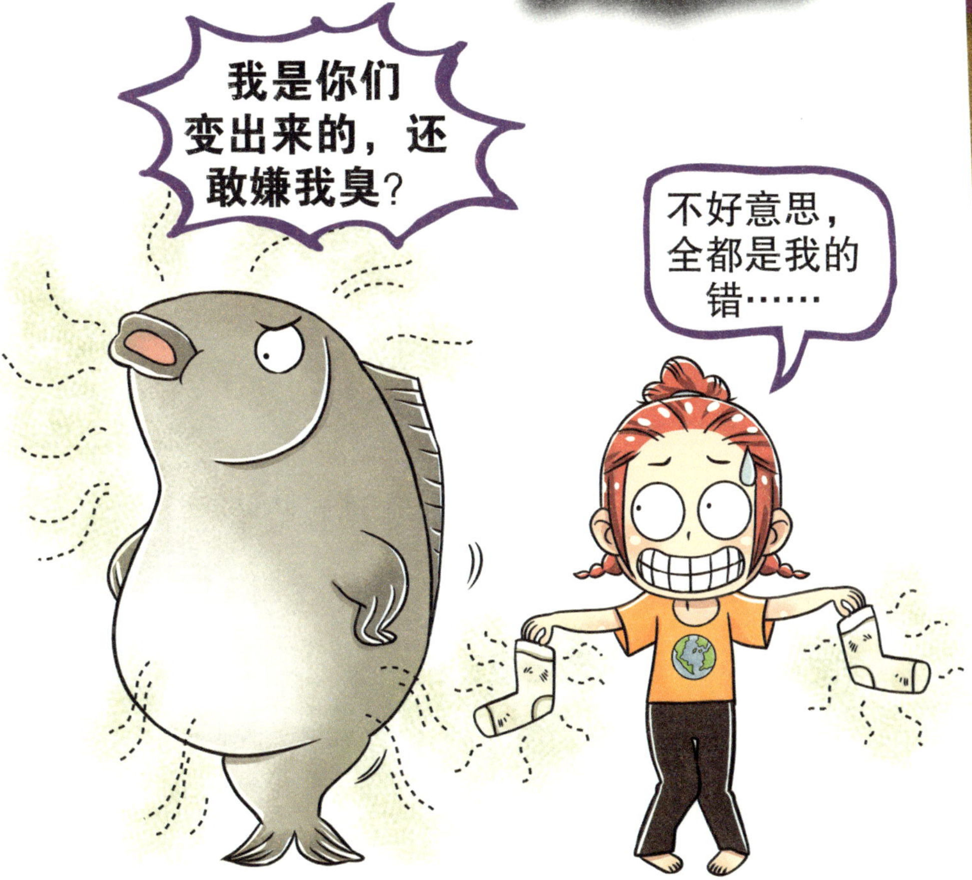

"哇,好热啊!"

"快开风扇!"

"快开空调!"

"空调?你以为这是你的家吗?哈哈!"

最近的天气很热,海洋班的学生刚上完体育课,一进教室便热得受不了。

"换好衣服后,所有的人都到图书馆去!"班长王天翔一走进教室便通知大家。

"老大,为什么要去图书馆啊?"张小棣不

明白。

"纪（jì）老师要我们在那里上语文课啦！"王天翔热得不耐（nài）烦（fán）。

"那我们要带上语文课本和其他的簿（bù）子吗？"周子温问他。

"吼（hǒu）！这还要问吗？当然要啦！"王天翔回答。

"喂，你是班长，你不说清楚，我们怎么知道啊？"胡童鞋反驳（bó）他。

"老大，为什么纪老师叫你通知我们？平时这种小事都是副（fù）班长做的啊！"张小棣问王天翔。

"吼！我怎么知道？"王天翔不高兴。

"今天杨阳代表学校去参加游泳比赛，没来上学。"陆立昂代王天翔回答。

"哪有分什么大事、小事？其实是王天翔常常把纪老师交代的事忘记，所以纪老师只好吩咐杨阳来帮他做！"胡童鞋听见了他们的对话，忍不住插（chā）嘴。

"胡童鞋，你……"王天翔的脸都绿了，但事实真的是这样，他没办法反驳。

"老大，图书馆里有空调！我们赶快去吹空调！"陆立昂急忙转（zhuǎn）换话题。

"太好了，可以享受空调！"

一听到待（dāi）会儿在图书馆里上课，大家都迫（pò）不及待地想要赶快过去。

迫不及待：急迫得不能再等待。

由于不能穿鞋子进入图书馆,所以他们都把鞋子脱下,放在外面的鞋架上。

胡童鞋的脚全都是汗,她便干脆把袜子也脱了。

"脚啊脚,今天我请你们吹空调!嘻嘻!"

没多久,海洋班的学生全都到了图书馆。

"同学们,今天会安排在这里上课,那是因为老师要你们找资(zī)料(liào)。"纪老师说道。

"哦,原来是这样!"

"好!那我们开始上课,翻(fān)开课本第65页,这篇(piān)课文的内容是关于腌(yān)制(zhì)食物……"

当大家一边听课,一边舒(shū)适(shì)

腌:把食物加上盐、糖、酱、酒等,放置一段时间,让食物入味。

地享受空调的时候,突然有人开始低声地讲话。

没多久,低声讲话的人越来越多。

"同学们,如果你们有话想要说,请先举手!"纪老师没办法继(jì)续(xù)讲课了。

"老师,你是不是带了咸(xián)鱼来上课?

胡童鞋成长小说系列

咸鱼也是腌制食物，对吗？"

"咸鱼？"纪老师不明白。

"对啊！很重的咸鱼味呢！"

"我也嗅（xiù）到了！"

"老师，你把咸鱼藏（cáng）在哪里啊？"

同学们七嘴八舌地说嗅到了咸鱼味。

"老师没有准（zhǔn）备（bèi）咸鱼啊！老师怎么可能把食物带进图书馆？"纪老师觉得莫（mò）名其妙（miào）。

听到学生这么说，她便认真地用力嗅。

"咦（yí），好像真的有咸鱼味！"

"老师，那一桌的咸鱼味最重！"张小棣指着胡童鞋和几个女生的方向。

"喂，你别胡说八道！你才有臭咸鱼味！"

纪老师循（xún）着气味找，终于发现了"咸鱼"的位置（zhì）！

"胡童鞋、刘奕雅、周子温和蔡文婕,你们把食物带进图书馆了吗?"

"没有啊!"女生们摇(yáo)头。

"那怎么会……"纪老师弯下腰去检(jiǎn)查(chá)她们的桌底时,突然大叫了起来,"啊!"

胡童鞋成长小说系列

"老师，找到咸鱼了吗？"胡童鞋弯腰问纪老师。

"胡童鞋，你怎么没穿袜子？"纪老师大概知道是怎么一回事了。

"老师，刚才运动时，我的脚汗太多，袜子都湿了，所以脱下来让脚吹吹风！"胡童鞋回答的时候，还动了动脚趾（zhǐ）。

"我的妈呀！原来'咸鱼'就是胡童鞋的脚！"多事的张小棣蹲（dūn）下去猛（měng）嗅，夸张地跳了起来。

"什么？原来是脚臭味！"

"哦，原来我的脚会发出咸鱼味？我都没发觉呢！嘻嘻！"胡童鞋不以为意。

"好臭！你的脚怎么那么臭啊？"

"脚肯定是臭的啊！难道你的脚是香的吗？只不过我的脚比较有个性，气味跟别人不一样！"

胡童鞋还（huán）嘴。

"好了，时间不多了，我们继续上课吧！"纪老师赶紧阻（zǔ）止他们再讨论这个话题。

只见好几个坐得比较靠（kào）近（jìn）胡童鞋的学生，不是捏（niē）着鼻子，就是皱（zhòu）着眉头上课。

回到家后,胡童鞋把书包一丢,准备看电视。

"妈妈,请问我可以开电视吗?"

"你把今天换下来的脏衣物放在篮子里了吗?"妈妈问她。

"啊，现在就处理！"胡童鞋急忙把在补习中心洗澡时换下的脏衣物放在篮子里。

"咦，楼下阿莲（lián）在煮咸鱼吗？"妈妈嗅到一股气味。

"嘻嘻！妈妈，那不是咸鱼味，是我袜子的气味！"

"你袜子的气味？怎么会这么强啊？"妈妈吓了一跳，赶紧去篮子里查看。

"我也不知道，今天太热了，脚流了很多汗，'咸鱼'就游出来了！"

"哎哟，我的妈呀！真的好臭！"妈妈捏着鼻子，用苍蝇拍把袜子钩（gōu）出来。

"有吗？我觉得还好啊……"胡童鞋抬起脚丫子就往鼻子靠近。

"你快去洗脚！用沐（mù）浴（yù）露（lù）彻（chè）底洗干净！"妈妈惊叫。

"可是,我在补习中心洗澡时,已经洗过脚了……"

"再洗一次!顺便把你的袜子洗干净。以后一回到家,你都要马上洗袜子!"

"哎哟,好啦!真麻烦!"

胡童鞋洗了脚后,妈妈便认真地对她说道:

"以后你多带一双袜子去学校。当你发现流了很多脚汗时,尤其是运动过后,你就把脚洗干净、擦(cā)干,再换上干净的袜子……"

"怎么这么麻烦啊?"

"不这样做的话,细(xì)菌(jūn)就会在你的脚部滋(zī)长,发出臭味啊!"妈妈解(jiě)

释（shì）。

"我都不觉得臭。"

"胡童鞋！"

"好啦！好啦！我知道了，我多带一双袜子就是！妈妈，现在可以开电视了吗？"

"你真的是气死人！"妈妈瞪（dèng）了她一眼。

虽然胡童鞋答应了妈妈多带一双袜子去学校，但她并没有拿出来换上。

"换来换去，太麻烦了！而且我一点儿都不觉得臭！"

只要胡童鞋没把袜子脱掉，没去封（fēng）闭（bì）的空调房里，她脚部发出的咸鱼味并不会太强烈。

同学们没嗅到臭味就不会投（tóu）诉（sù），胡童鞋还以为她的脚没再发出咸鱼味了。

今天,体育课结束后,海洋班的学生要到电脑室去上电脑课。

电脑室里也有空调,学生们必(bì)须(xū)把鞋子脱了,放在外面的鞋架上。

胡童鞋成长小说系列

　　胡童鞋的袜子已经湿了,她觉得很不舒服,但她没换上干净的袜子。

　　"要不要把袜子脱掉呢?"她担心上一次图书馆的事会重(chóng)演(yǎn)。

　　最后,她决定不把袜子脱掉。

　　电脑室的电脑不足,因此学生们必须两人共用一台电脑。

　　"刘奕雅生病了,没来上学,我要和谁同一组呢?"胡童鞋在东张西望。

　　"胡童鞋,今天林中竹没来,我们两人一组吧!"杨阳在向她招手。

　　"杨阳?太好了!"胡童鞋兴奋地冲过去,坐在杨阳的旁边。

　　胡童鞋从来没试过上电脑课上得这么开心,老师教的东西突然变得非常有趣(qù)!

　　她看着杨阳熟(shú)练地操(cāo)作电脑,

心里对他的崇（chóng）拜（bài）更深（shēn）了。

"杨阳好帅（shuài）！杨阳好厉害啊！"胡童鞋的心里不知重复了多少次。

当胡童鞋陶（táo）醉（zuì）时，她不自觉地用脚趾把湿袜子给脱掉了！

突然,杨阳的动作变慢了,脸色也开始变得难看。

"杨阳,你很热吗?怎么在冒汗啊?"胡童鞋察(chá)觉到了。

"唔……"

"你怎么了?不舒服吗?"胡童鞋很担心。

"胡童鞋……你有嗅到一股咸鱼的气味吗？"杨阳皱着眉头问道。

上一次在图书馆里发生的事，杨阳并不知道，因为那一天他去比赛，没来上学。

"咸……鱼？"胡童鞋心里一惊。

"对……我好像嗅到咸鱼的气味……刚刚嗅到的……"

"啊哈哈……哈！怎么可能有咸鱼味？这里是电脑室呢，又不是菜市场！"胡童鞋努力地想要掩（yǎn）饰（shì）。

她的眼睛看着电脑屏（píng）幕（mù），脚趾忙碌（lù）地在地上找刚才脱掉的袜子，她想要赶紧穿回去，但怎么找都找不到。

她心想：糟（zāo）了，我的袜子怎么不见

掩饰：设法掩盖真实的情况。

胡童鞋成长小说系列

了？我踢（tī）到哪里去了？

"我从小就不吃咸鱼，因为很怕咸鱼的气味，一嗅到就会觉得反胃（wèi）要呕（ǒu）……"杨阳痛苦地告诉胡童鞋。

"哦……是这样啊？"胡童鞋的脚趾还在努力地寻找袜子。

突然，坐在对面的陆立昂指着桌底大叫了一声："哇，这是什么东西？"

"怎么了？"

"桌底有什么东西？"

"这是……袜子？"陆立昂用两支铅笔当筷子，把那个东西夹（jiā）上来。

"这气味……"

"咸鱼味！"

"难怪刚才我就嗅到咸鱼味，我还以为是错觉呢！"

胡童鞋一看,那不是她的袜子吗?怎么被她踢到对面去了?

"胡童鞋,这是你的袜子吧?"陆立昂捏着鼻子问她。

"这……这……"

胡童鞋不想承(chéng)认,但那股咸鱼味,

她想逃都逃不掉。

"她没穿袜子！这袜子是她的！"多事的张小棣发现胡童鞋光着脚丫子。

"是我的袜子又怎样？"胡童鞋硬着头皮承认。

"你的袜子……那就还给你喽！"陆立昂说完就把袜子向胡童鞋抛（pāo）去。

但是，袜子没掉在胡童鞋的手上，而是掉在杨阳的头上！

"唔……老师……我要去厕所……"杨阳跳起来急甩（shuǎi）头，捂（wǔ）着嘴巴跑了出去。

"杨阳……"胡童鞋愣（lèng）在那里，不知该怎么办。

不久后，杨阳便带着苍白的脸和虚（xū）弱的身体回来了。

后来，他跟老师申请先回教室休息，因为身

体不太舒服。

在杨阳的面前出糗（qiǔ），胡童鞋觉得很丢脸；害杨阳呕吐（tù），她觉得很内疚（jiù）。

"杨阳，对不起……"

胡童鞋看了看已经回到她脚下的两只袜子，

又看了看自己的"两条咸鱼"。

她很后悔（huǐ）没听妈妈的话，没照着妈妈的话去保持双脚的卫生。

从那一天起，胡童鞋便努力让双脚保持干爽（shuǎng），只要脚汗多了便去把脚洗干净，擦干后换上干净的袜子。

"我发誓（shì），我的脚再也不会变'咸鱼'了！"胡童鞋这样告诉妈妈。

"嗯，很好。"妈妈点点头。

"妈妈，你嗅一下，看看我的脚还有没有咸鱼味！"胡童鞋坐在沙发上，把一只脚抬高。

"呃（è）……好吧！"为了鼓（gǔ）励（lì）胡童鞋，妈妈只好硬着头皮把鼻子凑（còu）过去。

"怎么样？还有臭味吗？"胡童鞋紧张地问。

"没有臭味了呢！咦，我怎么还嗅到了一股香味？"妈妈觉得奇怪。

"嘻嘻！我借用了你的香水，喷（pēn）了一点儿！"

"香水？我的名牌（pái）香水？胡童鞋，你竟然用我的名牌香水来喷脚？"妈妈从沙发上跳了起来。

"哎哟，我只是想彻底除掉臭味嘛！妈妈，

你就别那么吝(lìn)啬(sè)啦!"

"气死我了!"

如果妈妈发现胡童鞋用了半瓶香水来喷脚,不知道她会有什么反应呢?

# 咸鱼味

你有闻到咸鱼味吗？
真的……好臭……
杨阳，你没事吧？
气味从……你……
难道是我的脚？
从你的后面传来的……
原来如此！
???
干吗？我不会给你们吃我的瓦煲咸鱼鸡饭的！

故事2

当我们紧张时就会很容易感到不安，这时候可以深呼吸，先让心情平静下来，再冷静地思考。

刚才有没有冲马桶？

今天有没有考试？

# 紧张大师

我忘了做什么？我还有什么忘了做的？

你可以不要这么紧张吗？

这两个星期是考试周,今天考的科目是语文。

张小楪是"紧张大师",他进了教室,一坐下就紧张地翻课本。

"还没温习完……啊,第18课还没温习!完了!完了!"

"张小楪,你在说什么啊?"在小睡的邓鼎被他吵醒了。

"第18课啊!我温习时竟然漏(lòu)了第18课!这一次完蛋了!"张小楪的样子好像世界

末日快到了。

"张小棣……"

"你别跟我说话,我要赶紧温习第18课!"张小棣打断邓鼎。

"不是,你听我……"邓鼎尝试再开口。

"邓鼎,拜托你,别跟我说话!你再说话,我就没时间温习了!"张小棣掩着耳朵不想听。

不只第18课……每一课我都没温习过!

张同学,你手上拿的是科学课本。

紧张大师

"张小棣,你真的很吵!"胡童鞋忍不住说他。

"胡童鞋,你也不要吵我!我还没温习第18课,现在我要争(zhēng)取(qǔ)时间温习!"张小棣回答。

"你温习了第18课也没用!"胡童鞋说道。

"为什么?快说!"张小棣紧张地问。

"今天只考第11课到第17课的内容,第18课并没有考!"

"你骗人!我凭什么相信你?你一定是担心我的成绩比你好,所以想害我!"张小棣不相信。

"你不必相信我,你只要相信黑板就行了!"胡童鞋翻白眼。

"什么?黑板?"张小棣糊涂了。

胡童鞋没回答他,举起手指向黑板的右上角。

那里写着——语文考试范(fàn)围(wéi):

第11课～第17课。

那是纪老师写的。

"啊!真的没考第18课……"张小棣这才相信。

"我们都知道没考第18课……"邓鼎说道。

"为什么你不早点儿告诉我?"张小棣怪邓鼎。

"我想告诉你，但你一直打断我的话，不让我说。"

"这……哎呀！"张小棣突然惊叫。

"又怎么了？"

"昨晚在家做完作业，我好像忘了把文具袋放进书包里！"张小棣急忙在书包里翻找。

"张小棣……"

"文具袋真的不在书包里！邓鼎，你有多余的铅笔和橡（xiàng）皮吗？快借给我！"张小棣焦（jiāo）急得很。

"不用借……"

"你怎么见死不救啊？亏我还当你是好兄弟！"张小棣生气了。

"唉，你的文具袋……在抽屉里。"邓鼎指着张小棣的抽屉。

"咦？原来我把文具袋放在抽屉里了，难怪在

书包里找不到！"张小棣转怒为喜。

"兄弟，你别太紧张啊！"邓鼎劝他。

"我就是担心啊！哎哟，课文还没记熟，我得抓紧时间！"张小棣又开始担心了。

过了不久，纪老师走进了教室。

"同学们，准备好了吗？把课本都收起来，考试要开始了。"纪老师说道。

"等一等，我……我还没记熟呢！"张小棣还捧（pěng）着课本。

"哎呀，张小棣，你怎么突然对课本这么难舍难分啊？"胡童鞋笑他。

"张小棣，快点儿收起课本啦！全班都在等

你！"王天翔不耐烦了。

"现在临时抱佛脚也没用了，快把课本收起来！"纪老师开始分发考卷了。

"好吧……"张小棣只好把课本收进书包里。

当他接到考卷时，心里就开始慌（huāng）了。

"哎呀，这么多道题目！时间怎么够啊？"

其他的同学都开始作答了，他把考卷翻来又翻去，还没决定要先答哪一道题目。

"糟（zāo）了！糟了！我明明记得有做过类（lèi）似（sì）的练习，怎么想不起答案了？"

张小棣在慌乱的时候，时间一分一秒地溜走了。

"好，时间到。大家停笔，每一组的组长把考卷收了交上来。"纪老师说道。

张小棣还在绞（jiǎo）尽脑汁作答。

绞尽脑汁：用尽脑力去思考。

紧张大师

"张小棣,交考卷啦!"组长林中竹在催他。

"再等一会儿!很快!"张小棣焦急地争取时间。

"张小棣,快点儿啦!老师在等着呢!"林中竹继续催他。

"老师必须离开教室了,哪一组再不交上来,那么这组的考卷就会得零分。"纪老师告诉他们。

"张小棣,快交啦!"

"张小棣,不要连累我们啦!"

听见纪老师的话,同组的同学纷纷紧张地催张小棣交上考卷。

"哎哟,拿来啦!"林中竹强硬地抽走了张小棣的考卷。

"喂,我还没……"张小棣惊叫,但林中竹已经把考卷交给纪老师了。

几天后,纪老师把批改好的语文考卷分发给学生们。

张小棣发现全班都拿到了自己的考卷,只有他还没拿到。

"谁还没拿到?"纪老师问。

"我!"原来胡童鞋也没拿到她的考卷。

"老师,我……"张小棣害怕地举起手。

"哦,原来这两份无名氏(shì)的考卷是你

紧张大师

们的？你们就是无名氏？"纪老师扬（yáng）起手上的考卷。

"啊，我忘了写上名字！"张小棣这才想起。

"我是'无名'，张小棣是'氏'，我们就叫作'无名氏'！嘻嘻！"胡童鞋常常因为粗心而漏了写上名字。

"张小棣是'屎'？"王亦恒故意把读音念

歪（wāi）了。

"哈哈哈哈！"

大家忍不住大笑。

"以后，谁再忘了在考卷上写名字，我直接给他零分！连自己的名字都可以忘了写上，真是的！"纪老师摇头。

"遵（zūn）命！"胡童鞋领了考卷就一溜

紧张大师

张小棣，你怎么变成大便了？

还不是你害的！

烟地回到座位上。

"哎哟，我怎么会忘记写名字呢？应该是一拿到考卷就紧张地看题目，没留意到名字还没写！"张小棣则是因为太紧张了，所以连名字都忘了写上。

自从忘了在考卷写上名字的事件后，"紧张大师"张小棣就更容易紧张了。

放学的时候，大家都离开教室，到食堂去等接送的校车。

张小棣是最后一个离开教室的。

当他到食堂时，听见胡童鞋说道："胖老板怎么不开风扇啊？好热！"

"啊，刚才我有没有把教室里的风扇关了？"张小棣一惊。

"风扇？"邓鼎看着他。

"邓鼎，刚才你有看见我关风扇吗？"

"我没留意……你有没有关，难道你自己不记得吗？"

"好像有……又好像没有……"张小棣想不

起来了。

"如果没关，风扇就一直转（zhuàn），过热的话，应该会爆（bào）炸（zhà）吧？"邓鼎自言自语。

张小棣越想越担心，他立刻慌慌张张地跑回海洋班教室。

"张小棣怎么了？他要去哪里啊？"胡童鞋问邓鼎。

"他忘了有没有关风扇。"

"哦？我看到他关了啊！"

"是吗？呵呵，他不记得了。"

当张小棣回来的时候，邓鼎问他道："怎么样？"

"关了……"张小棣在喘（chuǎn）气。

"嗯，胡童鞋看见你关了。"邓鼎告诉他。

"你怎么不早说？害我跑上去……"张小棣

怪胡童鞋。

"请问刚才你有问我吗？"胡童鞋反问他。

"即（jí）使胡童鞋告诉你风扇已经关了，你也不会相信的……"邓鼎了解他。

"对啊！我说了也等于白说！"胡童鞋同意。

"这……"张小棣无言。

"张小棣，刚才你从教室出来的时候，有没

有把门关好？"胡童鞋问他。

"门……应该有吧？"

"应该？到底有没有关好门？"

"哎哟，我一心只想着风扇，没留意有没有把门关好！好像有，又好像没有……"张小棣没办法确定。

"老师说，如果没关好门，有小狗、小猫进去大小便的话，最后离开教室的人就要负责清理……"邓鼎看着张小棣。

"啊！那我现在回去检查啦！"张小棣又往楼上跑去了。

"他是跑上瘾（yǐn）了吗？"胡童鞋指着张小棣的背影。

"唉，最近他常常这样紧张、焦虑（lǜ），一直担心自己忘了什么事情没做。"邓鼎回答。

"哦？"

"我告诉你,待会儿他下来时,肯定会告诉我们:原来门已经关好了。"

"明明有关好门,却担心没关……张小棣太焦虑啦!"

"对啊……"

果然,张小棣回来的时候说道:"门是关着的……"

张小棣,你怎么变成这样了?

我已经来回上下楼十次……好累……

紧张大师

除了风扇和门,"紧张大师"张小棣还常常担心其他有的没的。

邓鼎几(jī)乎(hū)天天都会听见他在喃喃自语,不信的话,你听听!

"我好像没带水彩颜料来……"

同学,你已经进来检查很多次了,我里面没有大便啦!

对不起,我只是想确定……

"刚才我大便后,好像没冲马桶……"

"我出门的时候,好像忘了关房间的灯……"

"刚才在食堂里吃东西,我好像没把肮脏碗碟(dié)放进大盆里……"

每一次回头检查后,发觉他都做了,只是因为太担心,所以以为自己忘了做。

今天,同学们在午休前完成了作文考试。

当张小棣在食堂里吃午餐时,突然大叫了起来!

"啊!"

"吼!张小棣,你干吗?"吓了一跳的王天翔不高兴地瞪着他。

"我的作文考卷……好像没写上名字……"张小棣的脸色苍白。

"纪老师说,没写上名字,得零分……"邓鼎说完吃了一大口炒饭。

"零分？天啊……"张小棣不能接受。

"谁得零分？"胡童鞋走了过来。

"张小棣。"邓鼎用汤匙（chí）指着他。

"如果作文得零分，爸爸和妈妈一定会处罚（fá）我，这一次我完蛋了……"张小棣开始冒冷汗。

"张小棣，你担心太多啦！没事的。"胡童鞋安慰（wèi）他。

"没事？我没写名字，得零分啊！你还说风凉话！"张小棣快崩（bēng）溃（kuì）了。

"刚才你都说'好像没写上名字'，说不定你写了，但你忘了。"陆立昂也安慰他。

"万一真的没写呢？"张小棣一直往坏的方面想。

风凉话：冷言冷语。

"那你直接去问纪老师啊！"胡童鞋建议。

"我不敢……"

"张小棣，我妈妈教我，如果要做的事担心忘了做，那就先写下来，放在显眼的地方提醒自己要记得做。那么，你就不会这么焦虑了。"胡童鞋告诉他。

"这样有用吗？"张小棣问道。

"你要乐观,不要放大问题,其实很多时候,是你自己吓自己。"胡童鞋继续说。

"但是,我的零分怎么办?"

"过去的,就让它过去吧!人要往前看。"胡童鞋拍了拍他的肩膀。

"哇——"

"胡童鞋!"

终于到了纪老师分发作文考卷的这一天。

张小棣战(zhàn)战兢(jīng)兢地等待纪老师叫他的名字。

"张小棣,你没写上……"纪老师大声说道。

"完了!完了!我真的没写上名字!"张小棣快哭出来了。

"……日期。"纪老师继续说。

太好了，我没有得零分！

你的眼泪和鼻涕全沾在我脸上了……

紧张大师

"日期？我有写上名字？"张小楝呆住了。

"名字有写上，但日期、班级没写上。"纪老师回答。

"所以，我不会得零分！太好了！"张小楝喜极而泣（qì）。

喜极而泣：高兴得落下眼泪。

"没得零分,但你的作文离题了,分数不及格!"纪老师把考卷递给他。

"啊,不及格?那么爸爸和妈妈也一样会处罚我啊!"张小棣又开始担心了。

考语文作文,你用英文作答?有没有搞错?

我太紧张了,以为是考英文作文!

# 完蛋了

完蛋了，我的眼镜呢？

在你的脸上啦！

完蛋了，我忘了带作业！

刚才你不是交给我了吗？

完蛋了！完蛋了！

哇！哇！

你忘了写作业……

故事 3

走路的时候，我们必须要专注，不要一边走，一边低头看手机，这样很容易发生意外。

好疼！

你撞到人家啦！

# 走路不看路

嘻嘻，这视频真好笑！

停！别再向前走了！

每个星期六早上,大家都会到月亮补习中心上作文课,今天也不例外。

补习中心在楼上,上楼的时候,蔡文婕一直在按手机。

因为一心二用,所以她的动作很慢。

"喂!蔡文婕,你是乌龟吗?"走在蔡文婕后面的陆立昂不耐烦了。

"什么?"蔡文婕转头问他。

"你知道你的后面有很多人要上楼吗?"陆

立昂指着他身后的几个同学。

"你们嫌（xián）慢的话，不会越过我上楼去吗？"蔡文婕问道。

"你走在楼梯的中间，我们要怎么越过你啊？"陆立昂反问。

"对啊！"

"动作快点儿啦！"

"闪开！闪开！"陆立昂忍不住了，他把蔡文婕撞到一旁，然后冲上楼去。

其他的同学看见了，他们也学陆立昂那样，越过蔡文婕冲上楼去。

"哇！"

一大群同学就这样越过蔡文婕，在狭（xiá）窄（zhǎi）的楼梯上一直被碰（pèng）撞，她差（chà）点儿站不稳（wěn）。

"这么急着上楼干吗？第一名有奖啊？"蔡

文婕说完继续低头按手机,慢条斯理地上楼。

到了楼上,她看见胡童鞋、刘奕雅和周子温已经在休息室里了。

慢条斯理:形容动作缓慢,不慌不忙。

走路不看路

"咦？蔡文婕，你怎么那么迟？"胡童鞋问她。

"刚才我听见陆立昂上来的时候，说什么'楼梯上的乌龟'。楼梯上真的有乌龟啊？"刘奕雅很好奇。

"那个臭陆立昂……他是在说我啦！"蔡文

原来你就是楼梯上的乌龟！

我不是啦！

63

婕生气。

"为什么他说你是乌龟？"胡童鞋不明白。

"他说我上楼的动作慢，像乌龟！"

"为什么你的动作那么慢？"

"我在按手机，发信息啊！"蔡文婕理直气壮。

"难怪！"胡童鞋明白了。

"什么信息这么重要，需要你急着回复？"周子温问她。

"我在跟朋友讨论热播（bō）的电视剧（jù），讨论得正热烈呢！"蔡文婕回答。

"这并不是很重要的信息，你可以上楼后再回复啊！"胡童鞋劝她。

"我就是忍（rěn）不住要立刻（kè）回复！

理直气壮：因说话或做事的理由充分而心里无愧。

走路不看路

我觉得这没什么问题啊!我一直以来都是这样一心二用的,厉害吧?"蔡文婕说道。

"但是……"胡童鞋还想劝她。

嘀(dī)嘀!

"不说了,我要回复信息,顺便去上厕所!"蔡文婕一边按手机,一边向厕所走去。

胡童鞋成长小说系列

"哎哟！蔡文婕，你撞到我了！"迎面走来的白雪儿差点儿被蔡文婕撞个正着。

"我及时'刹（shā）车'了，都没撞到！"蔡文婕说道。

咦，我好像撞到什么了？

噗！

刹车：用闸（zhá）等止住车的行进。

"你走路时看路啦！"白雪儿不甘心。

"你突然冒出来，谁会看到你啊？"蔡文婕说她。

"你……"

她们俩就在走廊（láng）上吵了起来。

"唉……"胡童鞋摇头。

胡童鞋、刘奕雅、周子温和蔡文婕在下个星期必须交上纪老师给的分组作业。

作文课结束后，胡童鞋的妈妈带她们到附近的购物中心，买分组作业需要用到的材料。

"你们到书局去找材料，我到其他的商店逛逛。"妈妈告诉她们。

"好的。买好后，我会打电话给你。"胡童鞋回答。

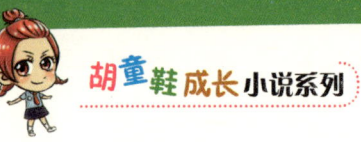

"你们要在一起,别分开走,知道吗?"妈妈提醒她们。

"阿姨,我们知道了,你放心吧!待会儿见。"蔡文婕挥手。

"走,我们去找材料!"

于是,她们四人在书局里叽(jī)叽喳(zhā)

我饿得……全身没力气……

刘奕雅,你才两个小时没吃东西,有这么饿吗?

喳地讨论，好不容易买齐了材料。

"用了太多体力，我饿了……"刘奕雅摸了摸她的肚腩（nǎn）。

"才那么一会儿……"胡童鞋戳（chuō）她的肚腩。

"待会儿我们去买珍珠奶茶！"周子温建议。

"好啊！我们去买珍珠奶茶吧！"刘奕雅拉着她们就冲向出口。

"别拉我，我要回复信息！"蔡文婕的手机响了一下，她立刻甩开刘奕雅的手去掏手机。

"珍珠奶茶在哪里？"刘奕雅很心急。

"在楼下啦！你这馋（chán）嘴猫！"胡童鞋取笑她。

"呵呵……"

她们越走越快，很快就把蔡文婕抛在后头。

当她们乘（chéng）自动扶梯下楼时，蔡文婕却继续向前走,没跟着她们下楼。

蔡文婕怎么没跟上来呢?

原来她一直低头按手机,根本没发觉她们已经下楼去了!

她一直走,没看到前面有东西,直接撞了上去。

呜呜……好疼……

这么大的一个碗,你没看见?

当啷（lāng）！

"哎呀！"

"小妹妹，你怎么走路没看路啊？你看，我的碗碟都被你打烂了！"售（shòu）货（huò）员指着地上的餐具碎片在尖叫。

蔡文婕抬头一看，这才发现她的前面有一个摊（tān）档（dàng），桌子和架子上都摆满了各种陶瓷（cí）和玻璃的餐具。

"小妹妹，你出门没带眼睛吗？"售货员看到损失不少，气急败坏地责骂蔡文婕。

"对不起，我没看见……"

"没看见？这么大的架子，你没看见？大家都看见了，只有你没看见！"售货员不能接受这样的理由。

气急败坏：形容十分慌张或恼怒。

胡童鞋成长小说系列

"我……"

"你的爸爸妈妈呢?叫他们过来,我要他们赔(péi)偿(cháng)我的损失!"凶巴巴的售货员不让蔡文婕离开。

"蔡文婕,发生了什么事?"胡童鞋的妈妈在附近的商店里,她闻声走了过来,发现蔡文婕

你的后面藏了什么啊?

没有啊!哪有藏手机?

在那里。

"阿姨,我不小心撞碎了这些碗碟……"蔡文婕终于看到了救星。

"不好意思,这些碗碟我来赔。请问一共多少钱?"妈妈问售货员。

"哦?那就好。打烂了三个碗碟,一共是……58元。"

"好的。"妈妈立刻从钱包里掏钱递给售货员。

"以后走路要看路,不要一直低着头。现在我还要去清理这些碎片,真麻烦!"售货员收了钱后,还在埋(mán)怨(yuàn)。

"低着头?为什么你一直低着头走路啊?"妈妈问蔡文婕。

埋怨:因事情不如意,而表示不满。

胡**童**鞋成长小说系列

"阿姨，我……我只是在想东西。"蔡文婕**心虚**地把手机藏在身后。

"哦……咦，怎么只有你一个？胡童鞋她们呢？"妈妈东张西望。

"她们……我也在找她们。"

"你们不是在一起吗？你怎么会落（luò）单了？"妈妈拿出手机要拨（bō）电话给胡童鞋。

"阿姨，你别告诉她们刚才发生的事，好吗？刚才赔偿的钱，我会想办法还给你……"

蔡文婕不想让她们知道，她因为走路按手机而闯（chuǎng）祸了。

"我不会告诉她们的。那笔钱不用还给阿姨，你只是不小心，又不是故意的，以后走路时要留意四周。"

**心虚**：做错了事怕人知道。

走路不看路

你害我破相了!
快赔钱给我去
整容!

对不起……

"阿姨,谢谢你。"蔡文婕松了一口气。

时间过得很快,一个星期过去了,今天又是星期六。

胡童鞋和同学们在月亮补习中心里等着上作

文课。

"嘿,我要下楼去买东西吃,谁要一起去?"胡童鞋问道。

"我!我!我!"刘奕雅第一个举手。

"我也要去!"周子温回答。

"你们三个都要去……那我也去!"蔡文婕说道。

于是,她们得到院长的允许后,四个人便开心地下楼去了。

补习中心楼下和对面有许多餐馆,同学们常常在这几家店里打包食物。

她们一边走,一边在讨论要吃什么。

"刘奕雅,你想要吃什么?"

"我想吃鸡饭,又想吃馄饨面,也很久没吃咖(gā)喱(lí)米粉和鱼肉粥了……"刘奕雅有太多东西想吃。

"那你到底要吃什么？"胡童鞋问她。

"哎哟！让我想一想……"刘奕雅很难做决定。

"你们呢？想吃什么？"胡童鞋问周子温和蔡文婕。

"我什么都可以！"周子温回答。

鸡饭？

馄饨面？

鱼肉粥？

咖喱米粉？

你慢慢想，我先走了！

胡童鞋成长小说系列

"蔡文婕？"

蔡文婕没回答，因为她正在专心地按手机。

"蔡文婕！"

"我不买东西，只是下来走走而已！"蔡文婕抬起头来回答，然后又继续低头按手机了。

"那么，刘奕雅小姐，你选好了吗？"胡童鞋没好气。

"你们要吃什么？"刘奕雅问胡童鞋和周子温。

"当然是鸡腿饭！"胡童鞋回答。

"我想吃鱼肉粥。"周子温回答。

"那我就买馄饨面，我给你们一些面，你们给我吃一点儿鸡腿饭和鱼肉粥。"刘奕雅终于想到两全其美的方法了。

两全其美：做一件事顾全两个方面，使两方面都很好。

走路不看路

"好啦！"

"对面的茶餐厅是新开张的，不如我们去试一试他们的食物吧！"周子温指着对面。

"走！"

于是，她们就过马路到对面去，蔡文婕也跟着她们一起走。

走，我们过马路到对面去！

好啊！

到对面去……

但是，蔡文婕走路的速度很慢，因为她一直在低头按手机，更严重的是，她没察觉到自己正在过马路！

嘀嘀——

又急又长的车笛（dí）声响了起来！

"看车！"胡童鞋转头大喊。

只见走在马路中间的蔡文婕就快要被一辆急速驶（shǐ）来的汽车撞到，低着头的蔡文婕还不知道自己身处危险之中！

一个男人快速地把蔡文婕拉到路旁，她一下失去平衡（héng），跌在马路上。

"啊！"

"蔡文婕！"

胡童鞋惊叫，急忙拉着周子温和刘奕雅回去，把蔡文婕扶起来。

"你受伤了！"

"你怎么没看车就过马路啊?"

"我……呜(wū)呜呜呜……"蔡文婕回过神来,吓得哭了出来。

"叔叔,谢谢你把我的朋友拉回来。"胡童鞋向那个见义勇为的男人道谢。

胡童鞋成长小说系列

"如果我的动作再慢几秒,哭的不是你,而是你的爸爸和妈妈了!"英雄叔叔责骂蔡文婕,他的声音很大,引了许多人围上来。

"呜呜呜……"

"我看见你过马路时一直在按手机,手机比

到底你重要,还是它重要?

两个都重要……

你的生命还重要，是吗？"英雄叔叔没办法明白蔡文婕的行为。

"蔡文婕，你过马路时，还在按手机？"胡童鞋瞪大了眼睛。

"如果你再不改掉这坏习惯，你会连命都丢了！"英雄叔叔很激动。

"我……我知道错了……呜呜……"蔡文婕这才知道一边走路，一边按手机有多危险。

如果刚才不是英雄叔叔拉了蔡文婕一把，她的后果不堪（kān）设（shè）想。

"叔叔，谢谢你……"

"我不要你谢我，我要你答应我，走路时不再按手机！"英雄叔叔很严肃。

"我答应你……"蔡文婕点头。

不堪设想：事情发展到很坏或很危险的地步。

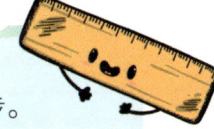

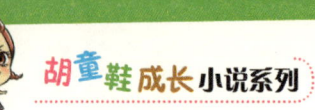

"你的手脚都擦伤了,快去消毒、擦药吧!"英雄叔叔的语气放软了。

"好的。"

胡童鞋她们小心地扶着蔡文婕回到补习中心。

后来,蔡文婕再也没有一边走路,一边按手

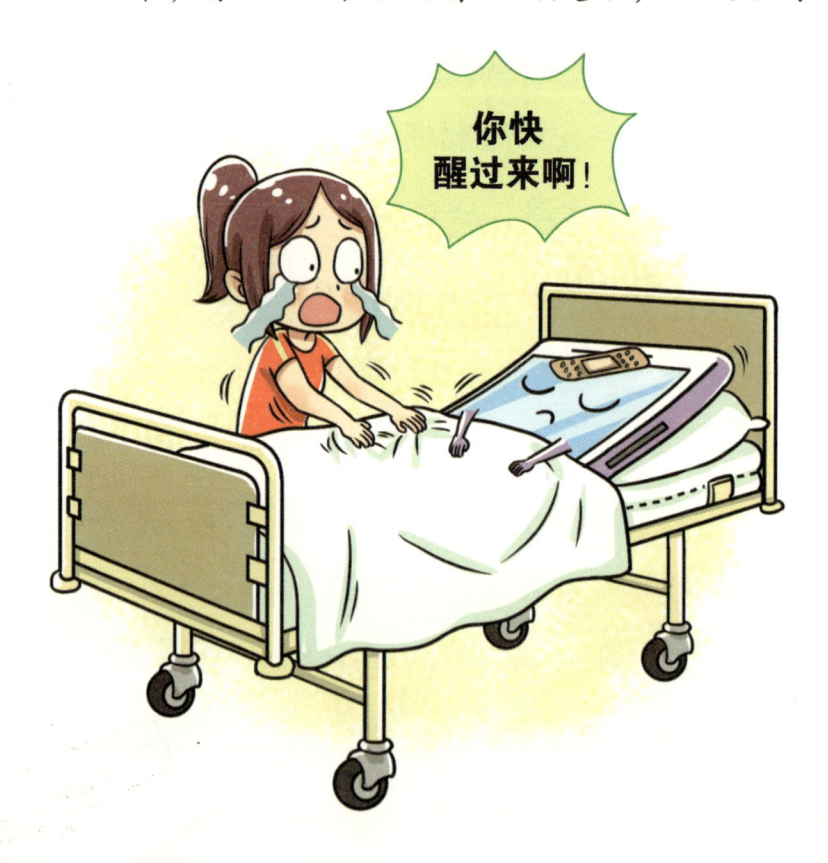

机，甚至没看见她的手上拿着手机了。

"蔡文婕，你真的改掉你的坏习惯了呢！我要给你一个赞（zàn）！"胡童鞋竖起大拇指。

"对啊！以前你手机不离手，现在你连手机都没带来补习中心了呢！"

"唉……"蔡文婕叹气。

"怎么了？"

"不是我不带手机来，而是……没得带。"蔡文婕回答。

"没得带？"

"那一天，我跌在地上，手机脱手飞到老远，受'重伤'了……"

"哦……"

"爸爸和妈妈知道我差点儿被汽车撞的原因后，他们把我骂了一顿，不肯买新手机给我……"

"原来是这样！"

"蔡叔叔和蔡阿姨做得好！"胡童鞋欢呼。

"对！"

"呜……"没有手机用，蔡文婕想哭了。

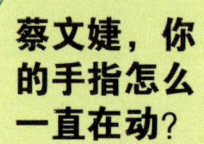

蔡文婕，你的手指怎么一直在动?

它们习惯了按手机……

# 红人

今天我穿得那么漂亮，当然要自拍啦!

太美了!我要把自拍照上传到博客!

哎哟!

蔡文婕，你被路人拍了照片，变成红人了呢!

……

路人甲
一边走路，一边自拍的后果。

喝水是每一天必须做的事，但不要等到口渴了才喝，我们应该要养成经常喝水的习惯。

怎么还不出来？

你……可以快点儿吗？

# 快来喝水

我快憋不住了……

妈妈……

89

丁零零——

午休时间到了,第一个冲到食堂去的总是邓鼎,因为最近他迷上了食堂的新菜单。

"老板,我要五块巨无霸(bà)炸(zhá)鸡排!"邓鼎从早上就已经在等着吃炸鸡排了。

"同学,又是你……每一天都要五块……"庞(páng)老板说话还是一样慢吞吞的。

"老板,你的炸鸡排又香、又脆,一吃就停不了口,回味无穷!"邓鼎一边说,一边吞口水。

"同学……你很会形容……好像在打广告。"庞老板把五块巨无霸炸鸡排递给他。

"谢谢!"邓鼎兴高采烈地捧着炸鸡排去找位子坐。

"邓鼎,你又吃炸鸡排啊?"在食堂里站岗

的胡童鞋看着双手都是炸鸡排的邓鼎。

这时候，王天翔他们走了过来。

"对啊！哎呀，我忘了买饮料！"邓鼎站起来。

"我要去买饮料，顺便帮你买。你想要喝什么？"陆立昂问他。

"两罐（guàn）可乐，谢谢！"

"好。"陆立昂说完就去排队了。

"邓鼎，我好像没看过你喝水……"胡童鞋说道。

"我有啊！刚刚才叫陆立昂帮我买呢！"邓鼎开始大口地吃炸鸡排。

"我不是说汽水、果汁、奶茶……这些是饮料，我指的是白开水！"胡童鞋摇了摇她的水杯。

"白开水……没味道，很难喝。"邓鼎回答。

快来喝水

邓鼎，你没喝白开水！

我喝的水比你还多呢！

"白开水是没味道，但是……"

"哎哟！胡童鞋，人家喝什么你都要管啊？现在的巡（xún）察员也管太多了吧？"王天翔插嘴。

"我妈妈说，我们在学校里流了很多汗，一定要喝白开水来补充水分。你那么爱吃煎（jiān）

炸的食物，更要多喝白开水！"胡童鞋继续说。

"我觉得汽水也是水，喝汽水也一样啊！"邓鼎觉得没问题。

"汽水很好喝！"张小棣也附和（hè）他。

"邓鼎，你的可乐！"陆立昂把两罐可乐放在桌上。

"谢谢！我正好口渴！"邓鼎急忙拉开可乐罐的拉环。

"唉……你别后悔。"胡童鞋摇头。

"邓鼎没吃到巨无霸炸鸡排才会后悔呢！"

"哈哈哈哈哈！"

晚上。

"开饭喽！"邓鼎的妈妈叫大家吃晚餐。

当邓鼎坐在饭桌旁时……

砰!

一个盛(chéng)满水的水杯重重地放在他的面前,吓了他一跳。

"妈呀……什么事?"

"咦,这不是邓鼎的水杯吗?"妹妹邓子奇

问道,"妈,你又帮他盛水?"

"不是'又盛水',而是这水杯里的水根本没喝过!"邓妈妈瞪着邓鼎。

"呵呵……"邓鼎心虚地笑。

"你还笑?给你带一瓶水去上学,你就原封不动地带回家!"邓妈妈戳了戳邓鼎的头。

"当然是原封不动啦!因为邓鼎在学校都买汽水喝!"邓子奇报告。她跟邓鼎同校,常常看到哥哥买汽水喝。

"邓鼎!"

"嗯嗯……"邓鼎低头吃饭,不敢抬头。

"老婆,先吃饭再慢慢教,要有耐心。"邓爸爸一边劝邓妈妈,一边夹菜给邓鼎和邓子奇。

"气死我了!"邓妈妈气呼呼地坐下。

"老婆,喝汤。"邓爸爸盛了一碗汤给她。

"妈妈,你看邓鼎!"邓子奇大叫。

只见邓鼎把盘子里的蔬菜、鸡蛋、鱼、豆类等等，全挑（tiāo）了出来。

"邓鼎，你在挑什么？"

"老婆，耐心……"邓爸爸拍了拍邓妈妈的手背。

"我不喜欢吃这些……"邓鼎又挑出了一颗豆。

"你几乎把所有的食物都挑出来了，那还吃什么呢？"邓妈妈忍着不发火。

邓鼎，肉丸没有脚，我来推你滚着走！

好啊！真省力气！

"吃肉啊！我最爱吃肉，多少肉都吃得下！"邓鼎回答。

"邓鼎，难怪你越来越像肉丸了，大肉丸。"邓子奇总是喜欢取笑哥哥。

"我是大肉丸？呵呵……"邓鼎觉得好笑。

"一点儿都不好笑！我不管，你得把盘子里的食物都吃下去，包括挑出来的那一堆！"邓妈妈生气了。

"哦……"

虽然邓鼎嘴上答应，但他趁（chèn）妈妈没注意的时候，把不想吃的东西全都倒进了垃圾桶里。

在学校。

午餐的时候，邓鼎照例买了他最爱的巨无霸

炸鸡排和汽水。

进修（xiū）班还有五分钟就开始了，大家已经吃完了午餐。

"嘿，趁还没上课，我们去上个厕所吧！"陆立昂建议。

"好哇！"

谁要上厕所？快跟着我！

厕所

上个厕所好像带旅行团那样……

到了厕所，王天翔、陆立昂和张小棣便急着解开裤子小便。

"咦？邓鼎，你不小便吗？"

"我没有尿意。"

"那你来厕所干吗？"

"我要把水杯里的水倒掉……"邓鼎说完就

你可以不要一直盯着我吗？

真的把水杯里的水倒光了。

"为什么要把水倒光啊？"

"如果水杯里还剩下很多水的话，我妈妈会不高兴。"邓鼎解释。

"水杯里没水了，那你喝什么？"

"我不需要喝水，呵呵……"

"不喝水，也不小便，你真奇怪！"

"对啊！不喝水就不会想要小便，这样很方便呢！呵呵……"邓鼎突然发现不喝水的好处。

后来，邓鼎照旧不喝白开水，只靠汽水和加工的甜饮料来解渴，也继续他那不健康的饮食习惯，每一餐都只挑肉类来吃。

一眨（zhǎ）眼，一个星期又过去了。

上课时，邓鼎突然觉得有尿意，于是他去了

厕所。

"奇怪，平常这个时候，我不会想要小便的啊……"

当他开始小便时，突然感觉到腹部一阵疼痛。

等了好久，他的尿液好不容易流了出来，但只有几滴而已。

快来喝水

**胡童鞋成长小说系列**

"啊!为什么我的小便有点儿红?这看起来好像血(xuè)丝(sī)……难道我受伤流血了?"

邓鼎看到他的尿液时,吓呆了。

"我流血了!怎么办?怎么办?"他穿上裤子后,喃喃自语地走出厕所,脑袋一片空白。

"哇!"

突然,一声尖锐(ruì)的叫声把邓鼎吓得清醒了一点儿。

"邓鼎,你上完厕所干吗不拉上裤子的拉链啊?"胡童鞋指着他的拉链部位。

"对啊……"刘奕雅害羞地别过头去。

原来,胡童鞋和刘奕雅也来上厕所,在厕所外面遇见刚走出来的邓鼎。

"啊,不好意思,我不是故意的……"邓鼎

喃喃自语:自己跟自己小声地说话。

急忙把拉链拉上。

"咦？邓鼎，为什么你的脸色这么苍白？额头还冒了那么多汗？"胡童鞋留意到邓鼎好像不太对劲。

"我……流血了……我好像受伤了……"

"你受伤了？"

胡童鞋成长小说系列

"对……刚才我小便的时候……"邓鼎把事情说给她们听,一脸痛苦。

"尿液里有血丝?怎么会这样?"胡童鞋从来没遇过这样的情况。

"邓鼎,你等一等……"刘奕雅急忙在口袋里掏纸巾。

你说话说清楚啦!

呵呵,以后你就会知道啦!

有人可以……扶着我吗……

"啊！"胡童鞋突然叫了起来。

站着的邓鼎晃（huàng）了晃，身体竟然往旁边倒！

两个女生赶紧扶着邓鼎，不让他倒下。

"有人晕（yūn）倒了！快来帮忙啊！"胡童鞋大声呼救。

后来，邓鼎被老师送到了诊（zhěn）所。

第二天，邓鼎没来上学，他的好兄弟在班上报告他的情况。

"昨晚我跟邓鼎通了电话，他把事情都告诉我了。有人想知道吗？"张小棣在卖关子。

"邓鼎是我们的同学，大家都想知道！"

"吼，快说！"王天翔瞪着张小棣。

"我说！我说！医生检查出邓鼎的肾（shèn）

结石，必须送去医院动手术，把'石头'拿出来！"张小棣做独家报道。

"身体里面生'石头'？太恐怖了！"

"身体里面怎么会突然生'石头'出来呢？"

"医生说，邓鼎平时很少喝白开水，只喝加工饮料；还不吃水果、蔬菜，只吃大量的肉类！"

张小棣继续报告。

"原来这样会让我们的身体生'石头'啊!"

"以后我要多喝白开水,也要多吃蔬菜和水果!我可不要让医生在我的身体开刀!"

"那现在邓鼎的心情如何?"

"邓鼎非常后悔,他下定决心要改掉这不健

康的饮食习惯,还要多喝白开水!"张小棣说道。

"等他回来上学,我一定要督(dū)促(cù)他喝水!"胡童鞋说道。

"不要让他吃那么多巨无霸炸鸡排!"刘奕雅补充。

"听说,现在庞老板限定每个同学只能买一块炸鸡排了。"

"那就好。"

# 过 关

邓鼎,快去喝水!

等一等,我快过关了!

邓鼎,你再不喝水,阿姨就要发火了!

等一等,我快过关了!

好饿!出去找东西吃!

你想"过关",那就要把所有的水都喝完!

哇!

嘻嘻!

故事 5

偏僻的小巷很容易发生危险的事，如果小巷是必经之路，我们应该找一个大人结伴同行。

走开！

谁要吃榴梿飞弹？

呜呜……

# 巷子里的凶奶奶

每天早上，白雪儿都是坐爷爷的三轮车去上学。

但是，昨天爷爷的脚扭（niǔ）伤了，没办法踩（cǎi）三轮车，白雪儿只好自己走路去上学。她去学校的路线，一定要穿过小巷（xiàng）。

今天，白雪儿特地提早出门，因为担心走路会比较慢，她不想迟到。

当白雪儿踏出家门时，天空还是黑漆（qī）漆的，她有点儿害怕。

"白雪儿，不如让爷爷送你去学校吧！"爷爷一拐（guǎi）一拐地走出来。

"爷爷，你的脚哪还踩得动三轮车啊？你最好别乱走动，再弄伤的话，我可不要扶你走路！"白雪儿急忙阻止爷爷，顺手把大门关上，"我要去学校了，拜拜！"

等一等，爷爷送你去学校……

爷爷，你还是在家好好休息吧！

巷子里的凶奶奶

胡童鞋成长小说系列

白雪儿快步走向小巷，不让爷爷追上来。

小巷里静悄悄的，一个人影都没有。

"我就照着平时的路线，只要走快一点儿，转个弯就看到学校的大门了……"白雪儿安慰自己。

于是，她鼓起勇气，低着头快步走。

一阵风吹向白雪儿的脸，冷飕（sōu）飕的，她冻得直哆嗦。

"怎么突然刮起风来了？"

她东张西望，把脚步放慢。

突然，她听见有声音从后面传来！

"那是什么声音？"

白雪儿觉得好像有人跟踪（zōng）她，她很害怕，但又不敢回头看。

"是不是坏人看到我长得漂亮，想要拐带我？怎么办啊？"

后面的声音越来越靠近了,白雪儿越走越快。

汪汪汪汪!

"啊!"

前面突然跳出了一只野狗,把白雪儿吓得跌在马路上!

汪汪汪汪!

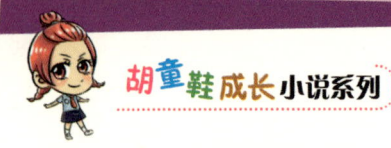

野狗不断地对着白雪儿吠（fèi），还越来越靠近她。

"呜……"白雪儿吓得脑袋一片空白，全身发软。

就在这时候……

"喝（hè）！走开！"

一个拿着棍子的身影挡在白雪儿的前面大声呼喝，不让野狗伤害她。

野狗看见有人比它凶，立刻夹着尾巴逃走了。

白雪儿看清楚了，原来那是一个衣服脏兮（xī）兮的老奶奶。

她手上拿着的不是棍子，而是一个玉米。

老奶奶的旁边有一辆手推车，车上堆满了蔬菜，她把玉米丢到手推车上。

附近有一个小菜市，老奶奶应该是要送蔬菜到那里去。

巷子里的凶奶奶

再不滚就请你吃玉米飞弹！

呜呜……玉米飞弹好吃吗？

"呜……"白雪儿被吓呆了，只会哭。

"坐在马路上很舒服吗？还不快起来？"老奶奶凶巴巴地问她。

"哦……"白雪儿回过神来，眼看老奶奶推着手推车要走了，她急忙站起来，跟在老奶奶的后面。

胡童鞋成长小说系列

"哭哭哭！烦死了！"老奶奶还在嘀（dí）咕。

白雪儿一边走，一边掉眼泪，她心里觉得很委（wěi）屈。

当白雪儿听见手推车移动的声音时，她才知道原来刚才在她后面的是老奶奶，并不是什么坏人在跟踪。

你知道这里是谁的地盘吗？

奶奶大人，现在小狗知道了……

一路上，白雪儿紧跟着老奶奶。

虽然老奶奶不说话的样子很凶，一开口说话就骂人，但是白雪儿不想再遇到野狗，只好把老奶奶当作盾（dùn）牌（pái）。

"奶奶真的很凶，连野狗都怕她！"

第二天早上，白雪儿要出门上学的时候，她的心里一直在挣（zhēng）扎（zhá）。

"如果今天再遇到野狗怎么办？不如天亮了再出门，至少有其他人做伴……但是，今天我得早点儿到图书馆啊！"

原本白雪儿还想要等天亮再出门，但她是图书管理员组长，必须提早到图书馆。

盾牌：古代用来防护身体、遮挡刀箭的武器。

"要不，叫爷爷送我去学校……不行！这样爷爷的脚会伤得更严重……"

她想了很多办法，但都行不通，只好硬着头皮出门。

"老天爷，请保佑（yòu）我不会遇到不好的事……"

白雪儿战战兢兢地走在小巷里，一听见有声音就东张西望，疑（yí）神疑鬼。

呜……

"什么声音？是不是野狗的声音？"

白雪儿开始冒冷汗，还觉得双脚发软。

她硬撑（chēng）住，努力让自己镇（zhèn）

定下来，然后加快脚步。

但是，越想要镇定，她就越紧张；越想要走得快，她就越举步难移。

"呜……完蛋了！这一次我完蛋了！"白雪儿的泪水忍不住流下来了。

突然，她看见前面的路灯下，有一个熟悉的身影！

"啊！"白雪儿想都没想就急忙快步走上去。

老奶奶看见白雪儿走上来了，她凶狠（hěn）地瞪了白雪儿一眼，然后才推着手推车前进，不说一句话。

白雪儿悄悄地擦掉眼泪，默（mò）默地跟在老奶奶的后面。

老奶奶的背影让她非常安心，她的心情终于平复下来了。

走出巷口时，白雪儿直接走进校门，而老奶

奶会经过学校大门，然后拐进旁边的一条小巷。

接下来的几天，白雪儿总是在上学时刚巧遇见老奶奶。

有了老奶奶的守护，白雪儿没再遇见可怕的野狗。

今天她有没有上学啊？我的咖啡都快喝完了……

每一天早上，她们俩一前一后地走在小巷里，一句话都没说，一直走到学校大门前。

"奶奶，你每一天都在等我吗？"白雪儿怀疑。

这一天，白雪儿和前几天那样，自己一个人去上学。

现在她可没那么害怕了，因为她知道老奶奶会陪伴着她。

当她走到路灯下面时，果然看见老奶奶已经在那里了。

白雪儿开心地迎上前，跟在老奶奶的后面。

"奶奶，这是你自己种的蔬菜吗？"白雪儿壮着胆子问她。

"哼！"

巷子里的凶奶奶

"奶奶，你每一天都那么早起床吗？"

"哼！"

"奶奶……"

"你怎么那么吵啊？闭嘴行不行？烦死了！"

奶奶，你几岁了？

奶奶，你看起来很老，没保养吗？

奶奶，你喜欢追星吗？

奶奶，你的蔬菜有虫吗？

奶奶，你觉得我美吗？

奶奶，卖不完的水果，你自己吃吗？

127

老奶奶冒火了。

"哦……"白雪儿又想哭了。

"讲两句，'水龙头'又要开了！真是个爱哭包！"老奶奶转头瞪着白雪儿。

白雪儿不敢再说话，低着头默默地走。

当她们走到学校门口的时候……

"白雪儿，早安！"胡童鞋也刚好到了学校，她指着老奶奶的背影问道，"咦，那是你的奶奶吗？"

"不是啦！"白雪儿立马否（fǒu）认，"我的奶奶去世很久了。"

"我知道了，那一定是你爷爷的女朋友！"陆立昂刚好听见了她们的对话。

"你别乱讲！"白雪儿很生气。

"陆立昂，闭嘴啦！"胡童鞋也阻止他乱说话。

"白雪儿的新奶奶？"张小棣也出现了。

今天到底发生什么事，怎么同学们都那么巧在同一个时刻到学校？

"你们不要胡说八道啦！"胡童鞋急忙阻止他们。

白雪儿快气坏了，她快步走进校园，不想理

爷爷，你交了女朋友啊？

女朋友？

**胡说八道**：没有根据地乱说话。

睬（cǎi）他们。

但是，顽（wán）皮的陆立昂还不肯罢（bà）休，在班上不断地告诉同学们：白雪儿的爷爷有了女朋友，白雪儿就快有新奶奶了。

无论白雪儿怎么解释，陆立昂就是不听。

"她不是我爷爷的女朋友！"白雪儿快被陆

立昂气疯（fēng）了。

第二天，白雪儿遇见老奶奶的时候，她鼓起勇气说道："奶奶，我爷爷的脚好了，他可以送我上学，你不必再陪我走。"

"哼，谁陪你了？我才没那么空闲！"老奶奶瞪了她一眼。

其实，白雪儿说谎（huǎng）了，爷爷的脚根本还没好。

她为了不再被同学取笑，所以不想跟老奶奶一起走。

当同学们说肮脏又邋（lā）遢的老奶奶是爷爷的女朋友时，白雪儿觉得很丢脸。

白雪儿想了一夜，她想到了一个撇（piē）开老奶奶的方法。

胡童鞋成长小说系列

"我要更早出门，比奶奶还要早，那就不会与她碰上了！"

于是，这天早上，白雪儿比平时提早了十五分钟出门上学。

"哇，今天怎么那么冷啊？"

白雪儿一出门便感受到一阵阵的冷风吹过来。

沙——沙——

时间这么早，小巷更加不见人影，只听见树叶随风摇摆所发出的声音。

"好像有点儿恐怖……"

白雪儿双手抱着身体，哆嗦着走动。

呼——呼——

风刮得更厉害了，把树叶都刮了下来。

咔（kā）嚓（chā）！咔嚓！

"咦，这声音好像是有人踩在枯叶上……"

巷子里的凶奶奶

白雪儿发觉有人跟在她的后面。

咔嚓！咔嚓！

没错，那是踩枯叶所发出的声音，后面真的有人！

白雪儿很害怕，她听见声音越来越靠近，忍不住回头一看……

那是鬼怪走路的声音吗？

是我啃骨头的声音啦！

"嘻嘻！小妹妹，这么早要去哪里啊？"

"哇！"白雪儿大声尖叫。

只见一个头发结成一团团，身体又脏又臭的流浪汉站在她的后面。

"哇！不要过来！"白雪儿大叫。

"小妹妹！"流浪汉走上前想要抓住白雪儿

你的书包真好看，在哪里买的啊？

我网购的！有折扣！

的手。

"不要！我不要！"白雪儿想要逃跑，但是双脚发软。

"来啊！我抓到你了！"

白雪儿努力想要逃却动弹不得，她觉得有一股力量把她往后拉，回头一看，流浪汉竟然在拉她的书包！

"啊！"白雪儿吓得再次尖叫。

突然……

"喝！放手！"

老奶奶出现了，她拿着玉米用力地向流浪汉的手打下去。

"哎哟！痛！"流浪汉吃痛，不敢再纠（jiū）缠（chán），急忙逃走了。

"再慢一步的话，我就打断你的手！"老奶奶把玉米向他的背影丢去。

胡童鞋成长小说系列

我是打鼓高手!

痛!痛!痛!

"呜……"白雪儿紧紧地抱着老奶奶。

"你说爷爷送你上学?爷爷呢?"老奶奶问白雪儿。

"奶奶……对不起……"

"别哭,没事了……"老奶奶轻轻地抚(fǔ)摸白雪儿的头。

接下来几天的早上，白雪儿好像跟老奶奶约好似（shì）的，她们会在小巷里的路灯下会合，然后一起走。

"怎么像乌龟那么慢啊？天都快亮了！"老奶奶还是那么凶。

"奶奶，你不是说不再等我了吗？"白雪儿故意问她。

"我没等啊！谁说我等你了？我最讨厌爱哭包了！哼！"老奶奶一边骂，一边推着手推车走。

"我才不是爱哭包！"

两个星期很快就过去了，爷爷的脚伤已经好了，他可以踩三轮车了。

这表示白雪儿不必再一个人走路去上学了。

今天，白雪儿坐在爷爷的三轮车后座，让爷

爷送她去上学。

当三轮车走到半路时,白雪儿突然大喊:"爷爷,快停车!"

"哦!"爷爷立刻把三轮车停下。

白雪儿跳下三轮车,跑到前面去。

"奶奶,我来帮你推!"原来她看见老奶奶了。

谢谢你啊……

别客气啦……

"爱哭包?"老奶奶转头看着白雪儿。

"奶奶,这是我的爷爷。帅吧?"白雪儿给她介(jiè)绍(shào)。

"你好,谢谢你这两个星期陪白雪儿上学,她都跟我说了。"爷爷向老奶奶道谢。

"不……客气。"老奶奶回答。

奶奶,爷爷说你人美心善!

谁敢说我不美?

巷子里的凶奶奶

"咦？奶奶，你的脸怎么这么红？"白雪儿觉得奇怪。

"乱讲！我哪有……"老奶奶的表情十分腼（miǎn）腆（tiǎn）。

"啊，凶巴巴的奶奶竟然害羞了！"白雪儿有大发现。

"爱哭包，走开啦！不要阻碍（ài）我送蔬菜！"老奶奶尴（gān）尬（gà）得很，连忙把白雪儿推开。

"爷爷，奶奶害羞了！"白雪儿赶快向爷爷报告。

"呵呵……"爷爷抓了抓头。

今天早晨，小巷里充满了欢乐的笑声呢！

童言童语

# 别烦奶奶

奶奶，你有朋友吗？
我很忙，不要烦我！
奶奶，平时你喜欢去哪里啊？
你走开！不要来烦我！
别烦我啦！
哈哈哈！
嗨……
怎么会是你？

胡童鞋成长小说系列

# 我的成长日记

我的成长日记

胡童鞋成长小说系列

我的成长日记

胡童鞋成长小说系列

## 图书在版编目(CIP)数据

会走路的"咸鱼"/(马来)李慧星著;骑士喵工作室绘. —福州:海峡文艺出版社,2022.11(2023.1 重印)
(胡童鞋成长小说系列)
ISBN 978-7-5550-3094-2

Ⅰ.①会… Ⅱ.①李…②骑… Ⅲ.①儿童小说—马来西亚—现代 Ⅳ.①I338.45

中国版本图书馆 CIP 数据核字(2022)第 156519 号

本书原版由知识报(马)私人有限公司[Chee Sze Poh(M)Sdn Bhd]在马来西亚出版,今授权福建海峡文艺出版社有限责任公司在中国大陆地区出版其中文简体字平装本版本。该出版权受法律保护,未经书面同意,任何机构与个人不得以任何形式进行复制、转载。

项目合作:锐拓传媒(copyright@rightol.com)
著作权合同登记号:图字 13—2020—069

### 会走路的"咸鱼"

[马来西亚]李慧星 著 骑士喵工作室 绘

| 出 版 人 | 林 滨 |
|---|---|
| 责任编辑 | 蓝铃松 刘含章 |
| 出版发行 | 海峡文艺出版社 |
| 经　　销 | 福建新华发行(集团)有限责任公司 |
| 社　　址 | 福州市东水路 76 号 14 层 |
| 电话传真 | 0591-87536797(发行部) |
| 印　　刷 | 福州印团网印刷有限公司 |
| 厂　　址 | 福州市仓山区十字亭路金山街道燎原村厂房 4 号楼 |
| 开　　本 | 890 毫米×680 毫米　1/16 |
| 字　　数 | 55 千字 |
| 印　　张 | 9.75 |
| 版　　次 | 2022 年 11 月第 1 版　2023 年 1 月第 2 次印刷 |
| 书　　号 | ISBN 978-7-5550-3094-2 |
| 定　　价 | 28.00 元 |

如发现印装质量问题,请寄承印厂调换　电话:0591-87881231